IMPROMPTU
SUR LE SALLON
DES TABLEAUX
Exposés au Louvre en 1785.

DIALOGUE EN VERS.

Ayez un autre avis ; volontiers ; j'y consens ;
Je n'exige jamais qu'on adopte mon sens.

A LONDRES,
Et se trouve à PARIS,
Chez CAILLEAU, Imprimeur-Libraire, rue Galande, N°. 64.
Et chez les MARCHANDS DE NOUVEAUTÉS.

INTERLOCUTEURS.

DAMIS.

ÉRASTE.

IMPROMPTU SUR LE SALLON.

DIALOGUE.

ÉRASTE.

Ou courez-vous, Damis? depuis près de ſix mois,
Je vous trouve aujourd'hui pour la première fois;
Vous fuyez tout le monde, & devenez ſauvage!

DAMIS.

Appellez-vous le monde un frivole aſſemblage
De gens qui, de leur tems ne ſachant point uſer,
Vont ſe diſtraire enſemble, & non pas s'amuſer?
Qui, cachant leur néant ſous une gaîté louche,

Ont l'ennui dans les yeux, & le rire à la bouche?
De leurs cercles bruyans, je hais les vains propos.
On n'est point misanthrope en s'éloignant des sots.
Loin du rire équivoque & de la médisance,
Je cherche l'amitié, la douce confiance....

ÉRASTE.

Oh! je vous reconnois; moralisant toujours,
Toujours grondant....

DAMIS.

Eh bien! changeons donc de discours.
Sachez pour quel sujet j'ai quitté ma retraite.
M'amuser & m'instruire est ce que je souhaite.
Depuis huit jours entiers le LOUVRE ET SES TABLEAUX.
Appellent tout Paris à des objets nouveaux;
Le plus petit Marchand, désertant la Courtille,
En fiacre le dimanche y mène sa famille;
Nos ignorans Marquis, nos ennuyeux Bourgeois,
Du génie & du goût y vont dicter les loix;
Le beau Sèxe sur-tout aux jugemens préside,
Pérore, en minaudant, déraisonne & décide;

Sans avoir d'yeux enfin on parle de couleurs,
Comme sans savoir lire, on juge les Auteurs.
J'y vais monter aussi, pour m'égayer la vue :
Venez, si vous voulez, augmenter la cohue.

ÉRASTE.

Je vous suis volontiers, & me sens en humeur
De m'amuser des traits de votre esprit railleur ;
Votre défaut n'est pas d'être panégyriste ;
Egayez-vous ; malheur à l'ouvrage, à l'Artiste !
Riez à leurs dépens ; &, soit dit entre nous,
Peut-être aussi tout bas rirai-je un peu de vous.
Vous allez à coup sûr trouver tout détestable ?

DAMIS.

Qui, moi ? Me croyez-vous assez peu raisonnable,
Pour affecter l'ennui de ces gens dégoûtés
Qui cherchent une faute où brillent cent beautés ?
Non, non ; gardons-nous bien d'une triste manie ;
Rendons un pur hommage aux talens, au génie ;
Prévenons-nous pour eux ; qui veut les bien juger,
Doit d'abord les chérir & les encourager.

Tel est de notre Roi, le noble caractère ;
Il accorde aux beaux Arts sa faveur salutaire ;
Sur eux de l'œil du maître, il connoît le pouvoir,
Et que pour les créer, il n'a qu'à le vouloir.

Eh ! dans quel tems jamais nos Héros, nos grands
Hommes,
Furent ils honorés plus qu'au tems où nous sommes ?
Voyez autour de vous leurs marbres s'animer,
Et, pour les recevoir, un Temple (1) se former !

Racine, dont les Vers coulent pleins d'harmonie,
Ta figure sensible annonce ton génie ;
J'admire avec amour ce noble & doux maintien ;
Mon cœur ému voudroit se faire entendre au tien.
As-tu bien pu, cruel, trahir ta Melpomène ?
As-tu pu, jeune encore, abandonner la Scène ?
Tu cessas d'enfanter des Ouvrages parfaits,
Et tant de plats Auteurs ne se tairont jamais !

Est-ce toi que je vois, unique La Fontaine ?
Que fais-tu là ? des Vers ; & tu les fais sans peine ;

---

(1) Projet du Musée, dans la Galerie du Louvre.

Je ne troublerai point ton loisir précieux ;
Produis, en te jouant, des riens délicieux.
Homme simple & divin ! quels sont tes avantages !
Ton livre amuse, instruit, étonne tous les âges.

Je t'admire beaucoup, Pascal, mais sans t'aimer ;
Ta bile étoit amère & prompte à s'allumer ;
Tu fus dur & chagrin ; mais ta raison sublime
N'en commande pas moins le respect & l'estime.
La mort, trop lente encor au gré de tes desirs,
Borna trop tôt tes jours passés loin des plaisirs.
J'aime à te voir pensif & plongé dans l'étude,
Qui fut ton goût unique & ta seule habitude.

Paroissez tous revivre à la voix de Louis,
Guerriers ou Citoyens, honneur de mon pays,
Digne sang des Bourbons, Condé, nom plein de gloire,
Toi qui sçus préparer ou forcer la victoire,
Qui naquis Général, & qui, dans les combats,
De ta valeur bouillante enflammois tes soldats ;
Vauban, dont la science affermit nos murailles ;
Duquesne, qui sur mer nous gagnas des batailles ;

Et vous, homme de bien, intrépide Molé,
Qui, par des furieux tout près d'être immolé
En leur montrant un front ſerein & ſans allarmes
De leurs rebelles mains fîtes tomber les armes.

ÉRASTE.

A merveilles, Damis; ce langage exalté,
Ce ton, cet air ému vous ſied en vérité.
J'aime aſſez qu'à l'aſpect de ces belles Statues,
La tête d'un rimeur ſe perde dans les nues;
De ces hommes fameux devenez le rival
Et méritez un jour l'honneur du piedeſtal;
Voilà, de tout mon cœur, ce que je vous ſouhaite.
Quant à moi, qui n'ai pas l'honneur d'être Poëte,
La gloire a peu de part aux deſſeins que je fais;
Il faut, pour me charmer, de palpables attraits.

Avez-vous vu Pſyché? voilà ce qui m'enchante!
Les beaux traits! le beau corps! quelle douleur touchante!

Mais voyez en ces lieux vingt objets ſéducteurs
Fixer l'œil enflammé des jeunes Spectateurs;

L'un vante de Cruſſol l'attitude impoſante,
Et ſa grace, & ſes traits & ſa taille élégante ;
L'autre ſourit à l'air dont Châtenois ſourit,
Et dans ſes yeux parlans croit lire ſon eſprit ;
Dans les traits de Ségur règne un charme invincible ;
Et la jeune Grammont, à l'air doux & ſenſible,
Sous un champêtre habit, ſymbole de candeur,
De ces fruits qu'elle tient, ſurpaſſe la fraîcheur.

Qui verroit, ſans deſirs, cette vive Bacchante,
Sa bouche, ſes beaux bras, ſa gaîté provoquante?
Le cœur le plus ſtoïque en deviendroit épris.

Mais d'un autre morceau connoiſſez tout le prix.
Ici, d'une main ſûre, une Artiſte ſavante
Elle-même a tracé ſa figure charmante;
Voyez-la, ſe livrant à ſes plus chers travaux;
Derrière elle, obſervant l'effet de ſes pinceaux,
Deux Elèves debout, que l'étude captive,
Arrêtent ſur la toile une vue attentive.
Grouppe aimable! entre vous, pour m'épargner un choix,

Je sens que je voudrois vous aimer toutes trois.

On cite avec plaisir vos noms & vos Ouvrages.
Guyard, le Brun ; pour eux ils ont tous les suffrages ;
Oui, de vos belles mains, ces chef-d'œuvres sortis
Semblent plus précieux, plus charmans, plus hardis ;
Continuez ; soyez Artistes & modèles ;
Cultivez vos talens ; ils vous rendent plus belles.

Bon ! je parle tout seul ; vous ne m'écoutez plus,
Damis ; quel autre objet ?....

D A M I S.

Pardon ; j'en suis confus.

Mais je m'occupe peu des riens qu'on dit aux femmes,
Et je vous ai laissé complimenter ces Dames :
Comme vous cependant j'en suis l'admirateur.

Mais de plusieurs Tableaux, spectacles de douleur,
J'éprouve en ce moment l'impression profonde.

Famille de Priam (1) en malheurs si féconde,
Tu pleures ton Héros; le grand Hector n'est plus.
Gémissez, frappez l'air de vos cris superflus,
Malheureux qui bientôt aurez le Grec pour maître;
Hector vous eût sauvés, si vous aviez pu l'être.

Et toi que j'apperçois dans les bras de la mort,
Femme de Darius (2), triste jouet du sort,
Tu vécus Reine, hélas! tu meurs veuve & captive.
Près de ton lit de mort, ta famille plaintive,
Une mère, une sœur, des esclaves troublés,
Expriment les regrets dont ils sont accablés;
Ton fils, trop jeune encor pour sentir sa misère,
Ne donne point de pleurs à la mort de sa mère;
Que cette scène est belle & touchante à la fois!
Le Ciel par de tels coups fait la leçon aux Rois;
Je vois s'en émouvoir le grand cœur d'Alexandre;
Il mêle quelques pleurs aux pleurs qu'il fait répandre.

---

(1) Retour de Priam avec le corps d'Hector, par M. Vien.

(2) Mort de la femme de Darius, par M. de la Grenée, l'aîné.

Infortunés humains, nous vivons peu de jours ;
Et combien de fléaux en abrégent le cours !
Regardez, dans Milan, (1) cette femme ſouffrante,
Que mine lentement la peſte dévorante ;
Tout un peuple frappé ne peut la ſecourir.
Son fils eſt déjà mort ; ſon père va mourir.
Près d'elle, contemplez des Prélats le modèle ;
De cet homme de Dieu révérez le ſaint zèle ;
O ! combien tous ſes traits ſont nobles & pieux !
Comme il eſt pénétré, ſoumis, religieux !
Ange exterminateur, appaiſe ta colère,
Et fais grace aux enfans en faveur d'un tel père.

Mais quittons à la fin ces objets effrayans,
Et repoſons nos yeux ſur des Tableaux rians ;
Je parcours enchanté tous ces frais payſages ;
Je crois jouir des eaux, des prés & des ombrages ;
Ici du jour tombant la clarté s'affoiblit ;
Là des feux de l'aurore un ciel pur s'embellit.
Mello, riant ſéjour, lieu paiſible & champêtre,
Nivard, en vous peignant, vous a flatté peut-être ;

---

(1) La Peſte de Milan, par M. le Monnier.

Que de ſites divers habilement tracés !
Pour Vernet, le nommer, c'eſt le louer aſſez ;
Il eſt toujours le même, & ſoutient bien ſa gloire.

A quel Artiſte enfin adjuger la victoire ?
Des chef-d'œuvres qu'ici nous venons d'admirer,
On cherche envain lequel il faudroit préférer :
A vouloir faire un choix envain on ſe haſarde,
Et le plus beau toujours eſt celui qu'on regarde.

ÉRASTE.

Ah ! tenez ; ce Portrait annonce un grand talent ;
Je le reconnois bien ; d'honneur, il eſt parlant ;
C'eſt un de mes voiſins, c'eſt le plus honnête homme !
Je crois que dans le livre on lit comme il ſe nomme ;
Ce ſont-là tous ſes traits, pourtant un peu flattés.
Le ſuperbe morceau !

DAMIS.

Mon ami, permettez,
Le talent du Portrait eſt précieux ſans doute :
Loin de le dénigrer, je l'eſtime & le goûte.
Pour adoucir l'abſence aux amis, aux amans,

www.ingramcontent.com/pod-product-compliance
Lightning Source LLC
LaVergne TN
LVHW012019170826
845678LV00004BA/1571

9782329622620